LE CACHEMIRE,

COMÉDIE,

EN UN ACTE ET EN PROSE,

MÊLÉE DE VAUDEVILLES,

PAR M. Henri Dupin.

Représentée pour la première fois, à Paris, sur le Théâtre du Vaudeville, le 15 Février 1810.

PRIX : 25 sous.

A PARIS,

MASSON, Libraire, Éditeur de Musique et de Pièces de Théâtre, rue de l'Échelle, N.º 10, au coin de celle St.-Honoré.

1810.

PERSONNAGES.

Mme D'ESTIVAL ;   Mlle *Rivière.*

DEGRIPANVILLE ;   M. *Lenoble.*

CHARLOT de Gripanville, son neveu ; M. *Édouard.*

SUZETTE , femme-de-chambre de
Mme d'Estival ;   Mlle *Minette.*

ARLEQUIN , valet de Mad. d'Estival ;   M. *Laporte.*

*La Scène est à Paris , dans la maison de
Mad. d'Estival.*

AVIS.

LE CACHEMIRE,

COMÉDIE.

Le Théâtre représente un Salon.

SCENE PREMIERE.

SUZETTE, *seule, parlant à la cantonnade.*

Oui, Monsieur, à son reveil je le déposerai sur sa toilette. (*Avançant en scène.*) Que madame Destival est heureuse d'avoir un époux aussi galant ! (*montrant un cachemire.*) Voilà le fruit d'une petite bouderie. . . . Que de femmes querelleraient encore plus volontiers leurs maris, si les maris apportaient toujours un cachemire pour sceller le raccommodement ! c'est que rien n'est plus joli, ni plus commode qu'un cachemire !

Air de ma Chaumière. (Koulouf.)

Le cachemire
Enveloppe fort à propos :
De mainte beauté qu'on admire
Qui dérobe bien des défauts !...
Le cachemire.

Un cachemire
Prête à nos belles des appas :
Eut-on grâce, esprit, doux sourire !
On n'a rien, lorsque l'on n'a pas
Un cachemire.

Et je ferais peut-être moi-même la folie . . . .

SCENE II.

SUZETTE, ARLEQUIN.

ARLEQUIN, *entendant les derniers mots de Suzette.*

Voilà comme je te veux : si tu étais raisonnable, tu ne me conviendrais plus.

SUZETTE.

Comment, maraud !...

ARLEQUIN.

Sois tranquille, cela ne saurait arriver.

SUZETTE.

Prends donc modèle sur MM. de Gripanville, et vois
comme ils sont galans avec les sœurs de Monsieur qu'ils
vont épouser.

ARLEQUIN.

Elles ne s'en plaindront pas long-tems.

Air : *Du vaudeville d'Arlequin musard.*

Aussisòt qu'il voit une belle ,
Le Français en devient épris ;
Et les premiers jours avec elle
Passent dans les jeux et les ris ;
Mais, dès qu'on parle d'esclavage,
Soudain on voit l'amour s'enfuir ;
Et le contrat de mariage
Est l'épitaphe du plaisir.

SUZETTE.

C'est pour cela que l'on n'envisage que la fortune.

ARLEQUIN.

Et si tu en avais, il y a long-temps . . (.)

SUZETTE.

Et qu'est-ce qui t'a dit que je n'en avais pas ?

ARLEQUIN.

Mais . . . . .

SUZETTE.

Un de mes oncles m'a bien légué . . .

ARLEQUIN (*à part.*)

Diantre un héritage ? (*haut.*) Comment légué ? . . .
Mais regarde-moi donc, tu as aujourd'hui quelque chose
de plus. . . . Oui, de plus aimable.

SUZETTE.

Une somme de six mille francs.

ARLEQUIN.

Six mille francs ! quels jolis pieds ! quels jolis bras ! . (.)

SUZETTE.

De plus une petite ferme.

ARLEQUIN.

Mademoiselle Suzette, vous êtes accomplie, et j'espère que cela ne changera rien à vos sentimens pour
moi.

S u s e t t e (*gaiment.*)

Non ; car il faut te dire tout, j'étais absente , lorsque cet oncle mourut, et les personnes chez lesquelles cette somme fut déposée se sont avisés de la nier, lorsque je l'ai fait réclamer.

A r l e q u i n.

Diable! mais voilà qui change la thèse, et quelles étaient ces gens là ?

S u z e t t e.

Des procureurs . . . . de Coutances.

A r l e q u i n.

Je n'en suis pas surpris, l'air du pays est épidémique.

Air : *Femmes voulez-vous éprouver.*

La Bonne-foi voulut, dit-on ,
Faire un voyage dans la France :
Chacun lui dit , avec raison,
Qu'elle faisait une imprudence.
Malgré les soins les plus touchans,
Elle eut la fièvre en Picardie,
Se trouva bien malade au Mans,
Et mourut dans la Normandie.

S u z e t t e.

Mon oncle eut trop de confiance dans messieurs Furet.

A r l e q u i n.

Comment messieurs Furet. ah! parbleu la rencontre est unique ; tes honnêtes dépositaires ne sont autres que messieurs de Gripauville.

S u z e t t e.

Ils ont donc changé de nom?

A r l q u i n.

Depuis qu'ils se sont enrichis, un de leur valet Bas-Normand, aussi sot que ses maîtres, m'a conté leur histoire, mais le plus gai de l'avanture, c'est qu'ils ne songent plus à épouser les sœurs de ton maître, et qu'ils sont amoureux de sa femme.

S u z e t t e.

Quelle extravagance!

A r l e q u i n.

Ils m'ont pris pour leur confident, tous deux sont rivaux sans le savoir : voici même deux billets doux que je dois remettre à madame, ce matin.

S u z e t t e.

Et tu t'es chargé ?

ARLEQUIN.

Par habitude, je prends toujours.

SUZETTE.

Mais comment comptent-ils réussir?

ARLEQUIN.

Au moyen de leurs richesses, des cadeaux qu'ils sont
en état de faire.

SUZETTE.

Madame n'en a pas besoin, regarde?

ARLEQUIN.

Diable, voilà un superbe cachemire!

SUZETTE.

C'est une surprise que monsieur ménage à sa femme
ce matin.

Air : *Vaudeville de l'un pour l'autre.*

Lorsque quelque fier Musulman
D'une belle veut la conquête,
J'ai lu que ce mouchoir charmant
Est le signal de sa défaite.
Personne n'en paraît surpris ;
Mais, moins galans auprès des dames,
Ce n'est pas de même à Paris,
Et nous voyons peu de maris
Jetter le mouchoir (*bis.*) à leurs femmes.

ARLEQUIN.

Ah! la bonne idée! madame ne se levera pas avant deux
heures, prête-le-moi.

SUZETTE.

Je n'ai rien à te refuser, mais, qu'en veux-tu faire ?

ARLEQUIN.

Les grands capitaines ne disent jamais leur plan de
campagne qu'après la victoire.... J'entends du bruit, je
me sauve !

SCENE III.

SUZETTE, DE **GRIPANVILLE**, **CHARLOT**, *tous
deux habillés grotesquement.*

De GRIPANVILLE.

Ma mie, madame Destival peut-elle avoir le plaisir
de nous voir ?

SUZETTE.

Il ne fait pas jour chez elle.

De Gripanville.

Il suffit : nous attendrons.

S U Z E T T E *en sortant.*

Quelle élégance ! Dieu me pardonne ! ils ont des projets.

SCENE IV.

De GRIPANVILLE, CHARLOT.

De Gripanville.

Charlot, nous voilà chez notre future belle-sœur, sachez vous y conduire décemment.

Charlot *à part.*

S'il savait que j'en tiens pour elle ! (*haut.*) oh ! qu'oui, mon oncle Furet !

De Gripanville.

Je vous ai déjà dit qu'à présent nous, nous appellions tous les deux de Gripanville ; l'avez-vous oublié ?

Charlot.

Oh ! que non, mon oncle Furet.

De Gripanville.

Encore, savez-vous que le séjour de la capitale ne vous forme guères, voulant dire par là. . . . . que vous avez l'air d'un vrai nigaud.

Charlot.

On dit pourtant, mon oncle, que j'ai de votre air.

De Gripanville.

On vous flatte.

Charlot.

Je croyais pouvoir le dire sans me flatter.

De Gripanville.

Vous êtes bien heureux que monsieur Destival vous accepte pour beau-frere, voulant dire par-là. . . . que vous auriez couru risque sans cela de rester garçon toute votre vie.

Charlot.

Oh ! que non !

Air : *Le premier pas.*

En fait d'amour, l'innocence intéresse ;
J'espère avoir, comme un autre, mon tour :
Pour réussir, il faut de la jeunesse,
Et le cadet obtient le droit d'aînesse
En fait d'amour.   (*bis.*)

DE GRIPANVILLE.

Vous avez sans doute d'heureuses dispositions à me ressembler, mais vous avez été gauche au bal où je vous ai mené hier.

CHARLOT.

Eh bien ! mon oncle, apprenez-moi comment l'on se tient dans une fête.

DE GRIPANVILLE.

Ecoutez, et profitez :

DUO.

DE GRIPANVILLE.

Air : *Prends d'abord* (De la jeune mère.)

Saisissez cet air noble, aisé
Dont je vous offre le modèle.

CHARLOT.

Saisissons cet air noble, aisé
Dont mon oncle est le vrai modèle.

DE GRIPANVILLE.

Le regard malin et rusé,
La marche simple et naturelle.

(*Ils remontent la scène.*)

Marchons ensemble :
De ton mieux imite-moi.

ENSEMBLE.

Mon neveu, marche comme moi.
Mon oncle marche mieux que moi.

DE GRIPANVILLE.

Est-on prié de quelque fête ?
On entre tout en fredonnant ;
Et l'on fait de la tête
Un léger mouvement.

ENSEMBLE.

Je crois que l'y m'y voilà.

Oui, oui, c'est bien cela.
Il faut faire en entrant
Un léger mouvement.

DE GRIPANVILLE.

S'approchant d'une belle,
On prend un air riant,
Un air riant,
Et gaîment on l'appelle
Cruelle au même instant.

COMEDIE.

DE GRIPANVILLE.

Mais *Julien* nous réclame :
Galamment à sa dame
On offre ainsi le bras,
Pour former quelques pas.

ENSEMBLE.

On offre ainsi le bras,
Pour former quelques pas.

DE GRIPANVILLE.

Montrant un nouveau zèle,
On lui donne la main,
Et l'on conduit ainsi la belle
Dans une salle de festin ;
Puis à la servir on s'apprête....

CHARLOT.

Sans rien manger ?

DE GRIPANVILLE.

C'est l'étiquette !
Il faut enfin, en la quittant,
La saluer profondément.

(Il fait un salut grotesque que son neveu imite.)

ENSEMBLE.

CHARLOT.	DE GRIPANVILLE.
Comme lui , je l'espère ,	En m'imitant, j'espère
Bientôt, dans l'art de plaire,	Bientôt, dans l'art de plaire,
Je deviendrai savant.	Il deviendra savant.

De GRIPANVILLE *à part.*

Arlequin ne peut plus tarder à venir ; éloignons-le. *(haut)* Charlot, en attendant le lever de mad. Destival, si vous alliez faire un tour de promenade.

CHARLOT.

Vous m'envoyez promener, j'y vais. *(à part.)* Courons apprendre des nouvelles de mon amour.

SCENE V.

DE GRIPANVILLE.

Qu'il me tarde de savoir si mon billet à madame Destival a produit son effet, Arlequin n'arrive pas ! cruelle incertitude ! amour, pourquoi m'as-tu fait un cœur aussi tendre ! j'ai toujours aimé toutes les femmes, même la mienne, qui me traitait pourtant bien mal.

LE CACHEMIRE;

Air : *Traitant l'amour sans pitié.*

Une belle, sans pitié,
Quand elle est à rêver seule,
A sa petite épagneule,
Par fois donne un coup de pié.
Mais l'animal que l'on blesse,
Loin de quitter sa maîtresse,
Revient, et souvent caresse
La main qui lui fit du mal :
Tels on nous voyait sans cesse ;
Ma femme était la maîtresse,
Et moi j'étais l'animal.

SCENE VI.

De GRIPANVILLE, ARLEQUIN, un Cachemire sur le bras.

ARLEQUIN *à part.*

Voici l'oncle seul, mes batteries sont prêtes, approchons ! (*Il tousse.*)

De GRIPANVILLE *avec empressement.*

Eh! Bien, mon ami, quelle nouvelle ?...

ARLEQUIN.

Chut ! (*il va mistérieusement voir si personne n'écoute.*) Monsieur, vous m'avez chargé d'une lettre pour madame Destival ?

De GRIPANVILLE.

La lui as-tu remise ?

ARLEQUIN.

Je vous apporte une réponse.

De GRIPANVILLE.

Ah! que tu me fais de plaisir !.. je craignais qu'elle ne se décidât pas à la faire.

ARLEQUIN *avec intention.*

Elle ne lui a pas coûté du tout.

De GRIPANVILLE, *il lit.*

» Mon bon ami... quelle tendre familiarité !

ARLEQUIN.

Vous aimez donc beaucoup cette femme-là ?

De GRIPANVILLE.

Air : *Bouton de rose.*

C'est mon idole ;
Cupidon m'attèle à son char :
Je donnerais tout le Pactole
Pour obtenir un seul regard
De mon idole.

Ah! si c'est un crime de l'aimer, je crois que je suis pendable.

ARLEQUIN *avec malice.*

Sangodemi! je le crois aussi.

De GRIPANVILLE, *continuant.*

» Mon bon ami, j'aime les gens sans façons, et vous
» me revenez assez; vous me proposez dans votre lettre
» votre cœur et votre bien, j'accepte l'un, et pour vous
» prouver que je ne refuse pas l'autre, je brûle déjà de
» porter quelque chose qui vienne de vous : voulant dire
par-là?....

ARLEQUIN.

Qu'elle desire que vous lui fassiez quelque riche présent.

De GRIPANVILLE.

Je comptais n'avoir besoin pour la séduire, que de ma tournure, de mon amabilité.

ARLEQUIN.

Mauvais moyen de séduction.

Air : *Vaudeville de l'avare et son ami.*

Au tems où regnait l'innocence,
Les favoris du dieu d'amour
Étaient, pour leur tendre éloquence,
Payés du plus tendre retour.
Mais aujourd'hui, sans l'opulence,
Il faut renoncer aux plaisirs;
Qui ne dépense qu'en soupirs
N'est plus payé qu'en espérance.   *(bis)*

De GRIPANVILLE.

Alors il faut que je lui fasse un cadeau, (*à Arlequin
qui ploye et déploye le cachemire avec affectation.*) Que
tiens-tu là?

ARLEQUIN.

C'est un superbe cachemire que je vais reporter chez
Garnier, au Palais-royal, madame le desirait; mais son
mari le lui refuse, parce qu'il est de mille écus.

De GRIPANVILLE.

Si je le lui offrais?

ARLEQUIN *à part.*

Bon! il mord à l'hameçon, (*haut.*) cela avancerait
beaucoup vos affaires.

De GRIPANVILLE, *tirant son porte-feuille.*

Je ne balance plus : mais sur-tout obtiens-moi une
prompte entrevue. Tiens, voilà les trois milles francs! tu

crois donc que je captiverai tout-à-fait madame Destival?

ARLEQUIN.

Je n'en doute nullement : elle n'aime pas son mari ;
entre nous c'est un imbécille.

De GRIPANVILLE.

Je le remplacerai.

ARLEQUIN.

A merveille.

De GRIPANVILLE.

Une seule chose m'inquiète ; c'est que, lorsque que je
suis auprès de madame Destival, je ne sais plus ce que
je dis, — voulant dire par là. . . . . que je change de
visage.

ARLEQUIN.

Excellent moyen de lui plaire !

De GRIPANVILLE.

Tu me ravis.

Air : *Vaudeville de ils arrivent.*

Mon cœur ne peut pas suffire
A l'excès de son bonheur !
Porte-lui ce cachemire
De la part de son vainqueur.
Je ne resterai , peut-être ,
Que cinq minutes dehors ;
Mais pour l'instant ne me trouvant plus maître
De tous mes transports,
Mon cher, je sors.

(*Il sort.*)

SCENE VII.

ARLEQUIN seul.

La bonne dupe !.... l'entreprise est hardie, si quelque
fois Thémis allait se mêler ?. . Bah ! tromper des procureurs, c'est se raccommoder avec la justice.

SCENE VIII.

ARLEQUIN, CHARLOT.

CHARLOT.

Où diable te fourres-tu ? voilà une heure que je te
cherche partout.

ARLEQUIN.

Monsieur, ce n'est pas de ma faute si je n'y suis pas.

CHARLOT.

Je suis tout essouflé.

ARLEQUIN.

Quelle tournure! quelle grâce! laissez-moi vous admirer.

CHARLOT *se gerrant.*

Admire, mon ami! tu n'es pas le seul qui me trouve bien, à Coutances, lorsque j'allais à la promenade, toutes les demoiselles de la ville disaient en me voyant: *oh! que voilà un garçon bien dégourdi.*

Air : *Mes chers amis.*

Du sous-préfet
La tante me citait
Comme une huitième merveille;
La jeune sœur
De monsieur l'auditeur
A mes bons mots prêtait l'oreille;
De mon cher avoué
La cousine *Aglaé*
Trouvait aussi ma clientelle aimable;
Et la femme du percepteur
Sur le registre de son cœur
M'avait pour son contribuable.

Madame Destival rit tonjours quand elle me voit; je suis certain de lui avoir plû : mais conte-moi le succès de tes démarches.

ARLEQUIN.

A condition que vous ne m'interromprez pas : je ne veux pas que les autres parlent, et je n'aime pas à me taire, car le silence est l'esprit des sots.

CHARLOT.

Je ne parlerai plus.

ARLEQUIN.

Eh bien, monsieur, apprenez que j'ai un billet à vous remettre.

CHARLOT.

D'elle ? j'en étais sûr, lisons : . . . *(il lit)*

» Mon bon ami, j'aime les gens sans façon, et vous
« me revenez assez. Vous me proposez dans votre lettre
» votre cœur et votre bien : j'accepte l'un, et pour vous
» prouver que je ne refuse pas l'autre , je brûle déjà de
» porter quelque chose qui vienne de vous. » Elle a l'air de desirer quelques cadeaux, je ne sais trop que lui donner.

ARLEQUIN.

J'ai prévu votre embarras, et comme vous n'êtes pas
au fait de ce qui peut plaire à nos Parisiennes : voilà un
cachemire que j'ai acheté pour vous à condition.

CHARLOT.

Un cachemire.

ARLEQUIN.

Vous savez que c'est la fureur.

CHARLOT.

Oh! que oui.

Air : *Le petit mot pour rire.*

Mon oncle me l'a dit tantôt,
Ajoutant même que bientôt
Si ces tissus profanes
Devenaient rares, l'on verrait
Mainte coquette qu'il connaît,
Qui pour en obtenir ferait....
Ferait des caravannes.　　　}*bis.*

ARLEQUIN.

C'est un espiègle que monsieur votre oncle.

CHARLOT.

Oh qu'oui ! de quel prix est ton schall ?

ARLEQUIN.

De mille écus.

CHARLOT.

Diantre! c'est trop cher ; voyons à lui donner autre
chose.

ARLEQUIN.

Elle a tous les bijoux, et toutes les parures possibles ;
vous ne pouvez rien lui donner qui la flatte davantage.

CHARLOT.

En ce cas mène-moi chez le marchand, et nous verrons
si nous pouvons l'avoir à meilleur marché.

ARLEQUIN.

C'est inutile : je le connais, il ne rabattrait rien de
ses prétentions ; c'est même donné pour ce prix là, voyez
la hauteur de ces palmes!

CHARLOT.

Il est joli.

ARLEQUIN.

Et d'ailleurs réfléchissez que la promptitude que vous
aurez eu l'air d'avoir apporté à satisfaire son desir vous
mettra très-bien dans son esprit.

CHARLOT.

Tu me persuades; tiens voilà tes milles écus! (*il prend le schall.*

ARLEQUIN *courant après lui.*

Et que faites-vous donc?

CHARLOT.

Je vais lui porter ce schall.

ARLEQUIN *à part.*

Diable, ce n'est pas là mon compte, (*haut.*) ah! monsieur, y pensez-vous? Il ne faut pas que ce soit vous qui lui donniez.

CHARLOT.

Pourquoi donc cela ?

ARLEQUIN.

Air : *En amour comme en amitié.* (de Colalto.)

Les présens faits à son ami ,
Ou bien à la beauté qu'on aime,
Ne flattent jamais qu'à demi ,
Quand avec trop d'éclat on les donne soi-même.
La présence du bienfaiteur
Dans ce doux moment est pénible;
Lorsqu'en offrant la main est invisible,
Elle a plutôt touché le cœur.

CHARLOT.

Je ne veux pas cacher ma main; et puis, comment lui faire tenir ce schall ?

ARLEQUIN.

Je vais aller trouver Suzette, qui se chargera de le présenter à Madame, de votre part.

CHARLOT.

Je voudrais pourtant voir l'effet que produira....

ARLEQUIN.

Et si son mari vous surprenait lui faisant ce cadeau ?.. du moins, comme cela, s'il y fait attention, Madame dira qu'elle l'a acheté de ses épargnes.

CHARLOT.

Avec tout mon esprit , je n'aurais jamais trouvé cela; ménage-moi un tête-à-tête, et je reviens dans quelques instans.

Air : *Allons aux Prés-Saint-Gervais.*

Ce don lui sera bien doux,
Elle en va faire sa parure.

ARLEQUIN.

De ce cadeau, je vous jure,
Je suis plus content que vous.

CHARLOT.

Si j'achève sa conquête,
Ne crains pas d'être oublié,
Espère un salaire honnête....

ARLEQUIN, *le saluant.*

Je suis payé.

ENSEMBLE.

Ce don lui plaira, je crois;
Elle en va faire sa parure.
Ah! personne, je le jure,
N'en est plus content que moi.

(*Charlot sort.*)

SCENE IX.

ARLEQUIN, SUZETTE.

SUZETTE.

C'est toi que je cherche. Madame va sortir; rends-moi vîte mon cachemire ?

ARLEQUIN.

Ton cachemire ?... Je l'ai vendu à Messieurs de Gripanville.

SUZETTE.

Ah! malheureux, qu'as-tu fait! Me voilà perdüe, chassée!...

ARLEQUIN.

Doucement! je l'ai bien vendu, mais je ne l'ai pas livré. Tu vas bien rire!...

SUZETTE.

Je n'ai pas le tems de t'écouter; voici Madame; il faut que je lui présente ce schall de la part de son mari. Pour toi, elle te charge d'aller chercher sa calèche chez son sellier.

ARLEQUIN.

Un mot seulement....

SUZETTE.

Je n'ai pas le tems.

ARLEQUIN.

Eh! bien, je te conterai cela à mon retour.

(*Il sort.*)

SCÈNE X.

Madame DESTIVAL, SUZETTE.

SUZETTE.

Madame, voici un présent que vous fait M. Destival.

Mad. DESTIVAL.

En vérité, c'est trop galant pour un mari.

SUZETTE.

Ne desiriez-vous pas un nouveau cachemire ?

Mad. DESTIVAL.

Au moins, Suzette, on ne peut dire que nos brouilleries durent long-tems.

SUZETTE.

Il est vrai que vous ne le boudez jamais plus de douze heures.

Mad. DESTIVAL,

Et voilà comme nous sommes toutes.

Air du Vaudeville de Voltaire chez Ninon.

Suivant un noble mouvement,
Le matin nous jurons sans peine
De détester toujours l'amant
Qui vient d'exciter notre haine ;
Mais le soir, ses transports charmans
Font bientôt cesser nos murmures :
Le jour entend bien des sermens,
Et la nuit voit bien des parjures.   *(bis.)*

Malgré nos petites querelles ; il serait à desirer que les sœurs de mon époux rencontrassent dans MM. de Gripanville des maris aussi aimables ; mais ils ne paraissent pas très-empressés : j'ai même remarqué qu'ils affectaient de n'adresser la parole qu'à moi.

SUZETTE.

Cela ne sait pas encore son monde ; ce sont des provinciaux

Mad. DESTIVAL.

On ne leur a pas fait assez desirer cette alliance.

Air : J'apprends qu'un jeune prisonnier. (d'une Heure de Folie.)

La certitude du succès
A pu causer leur inconstance ;
A l'amant on ne doit jamais
Donner qu'une faible espérance.

Obtient-il la moindre faveur !
Soudain il court aux pieds d'une autre ;
Pour conserver toujours son cœur ,
Il faut lui refuser le nôtre.   (ter.)

SUZETTE.

Tenez, je les crois aussi d'un caractère très-inconstant.

Mad. DESTIVAL.

Eh bien ! sois tranquille ; je leur ai fait demander une entrevue, je vais découvrir adroitement ce qu'ils pensent.

SUZETTE.

Justement, les voici : je me retire.   (*Elle sort.*)

SCENE XI.

Mad. DESTIVAL, *assise* , De GRIPANVILLE, CHARLOT, *entrant par une porte latérale.*

De GRIPANVILLE, *à part , sans voir son neveu.*

Je viens de voir sortir Suzette ; le moment est favorable.

CHARLOT.

Elle est seule, l'heureuse occasion !

De GRIPANVILLE, *à part.*

Quelle attention délicate ; elle est déjà parée du cachemire !

CHARLOT, *à part.*

Je crois qu'elle porte mon schall ! Mais voici mon oncle, pesté soit de l'importun !

De GRIPANVILLE.

Mon neveu ! que le diable l'emporte ! (*haut.*) Charlot, retirez-vous, je voudrais dire un mot en particulier à Madame.

Mad. DESTIVAL, *se levant.*

Ah ! ah ! c'est vous, Messieurs ?

De GRIPANVILLE et CHARLOT, *s'approchant ensemble.*

Oui, Madame ; j'étais impatient....

Mad. DESTIVAL.

D'apprendre le retour de vos fiancées.

Air *du Ménage de Garçon.*

Quelle est touchante cette ivresse
De l'amant , plein d'un tendre espoir ,
Qui long-tems loin de sa maîtresse,
Est enfin près de la revoir !

Lorsqu'on touche au moment suprême,
Qui doit le rendre à notre cœur,
Chaque pas vers l'objet qu'on aime
Est un pas fait vers le bonheur.

Du reste, on ne peut que vous féliciter de votre choix.

Air nouveau de Doche.

Un bienfait de la nature,
Chez toutes deux, réunit
Aux charmes de la figure
Les dons brillans de l'esprit.
A mes yeux, quoiqu'on le blâme,
Ce mérite est peu commun,
Car, sans esprit, une femme
Est une fleur sans parfum.

Enfin, vos futures sont charmantes.

De GRIPANVILLE.

Cela vous plait à dire.

CHARLOT.

Je crois que vous n'en êtes pas jalouse?

Mad. DESTIVAL.

Pour quelle raison me dites-vous cela?

CHARLOT, *d'un rire niais.*

Eh! parce que . . . Vous savez bien pourquoi?

De GRIPANVILLE.

Voulant dire par là. . . . qu'entre femmes, il existe certaine petite rivalité....

Mad. DESTIVAL.

Je ne me trouve pas moins heureuse que vos futures.

De GRIPANVILLE.

Vous avez bien raison.

CHARLOT.

Vous avez le cœur; c'est le principal.

Mad. DESTIVAL.

Le cœur, c'est beaucoup; mais quand la personne plait, c'est le comble du bonheur.

De GRIPANVILLE et CHARLOT.

Ah! Madame! (*Ils s'applaudissent et fixent son cachemire, en riant et en tournant autour d'elle.*)

Mad. DESTIVAL.

Que regardez-vous donc ainsi, mon cachemire?

CHARLOT.

Oh! que non, Madame; je ne suis pas assez sot pour cela.

De Gripanville.
Quant à moi, Madame, je suis bien loin d'y penser.
Mad. Destival.
C'est un présent que l'on m'a fait aujourd'hui. Il n'est
peut-être pas des plus beaux ; mais je m'en contente.
Charlot.
Madame, vous avez bien de la bonté.
Mad. Destival.
De quoi ?

ENSEMBLE.

De vous en contenter.
Mad. Destival, à part.

Air : *J'étais un chasseur plein d'adresse.*
Ma foi, je n'y puis rien comprendre,

Charlot, et De Gripanville, à part.
Je suis au comble de mes vœux ;
Et, sans que l'on puisse l'entendre,
Qu'elle me fait de doux aveux !

Mad. Destival, haut.
Je tiens fort à ce cachemire;
Et même ici je dois le dire :
La main dont je le reçoi
Le rend plus précieux pour moi.

De Gripanville, à part.
Ce compliment s'adresse à moi.

Charlot.
Ce compliment s'adresse à moi.

(*L'orchestre achève sur le refrain de* Va-t-en voir s'ils
viennent, Jean.)
Charlot.
Madame, c'est peu de chose ; s'il n'est pas plus beau,
ce n'est pas de ma faute.
De Gripanville.
Ni de la mienne.
Mad. Destival.
Je n'ai pas de peine à vous croire.
Charlot.
C'est que voyez-vous, on prend ce qu'on trouve.
Mad. Destival, à part.
Voilà des gens bien peu polis. (*haut.*) Il suffit, Mes-
sieurs, que mon cachemire ne soit pas de votre goût.
Charlot.
Je dirai bien plus. il n'est pas digne de la personne
qui lui fait l'honneur de le porter.

Mad. DESTIVAL, *à part.*

Ces gens-là ont perdu l'esprit. (*haut.*) Ma foi, Messieurs, vous êtes bien difficiles ; ce schall m'est bien cher de la part d'où il me vient.

De GRIPANVILLE, CHARLOT, *ensemble séparément.*

Ah ! Madame !...

Mad. DESTIVAL.

Brisons là-dessus : on dirait que vous voyez vos mariages avec répugnance.

De GRIPANVILLE.

En pouvez-vous douter ?

CHARLOT.

Air : Oui ! ce Colinet.

Mon oncle est rétif
Par un motif.
Je l'imagine :
J'ignore le sien ;
Mais je sais bien
Quel est le mien.
A ne pas parler,
A le céler
Moi, je m'obstine ;
Quand il est discret
Sur un secret
L'amant se tait.
Mais de mon refus
La cause , au surplus,
Se devine ,
On ne peut , je crois ,
Courir deux lièvres à-la-fois.

Mad. DESTIVAL.

D'honneur, Messieurs, tout ceci est une énigme pour moi.

De GRIPANVILLE, *à demi-voix.*

Sortez , Charlot !

CHARLOT.

Oh ! qu'non !

De GRIPANVILLE.

Sortez , vous dis-je !

(*Charlot sort de mauvaise humeur.*)

SCENE XII.

Mad. DESTIVAL , De GRIPANVILLE.

De GRIPANVILLE.

Enfin , Madame , nous sommes seuls ; et je puis vous

exprimer le ravissement où je suis d'être aimé d'une
aussi belle personne......

Mad. DESTIVAL, *avec étonnement.*

Comment ! mais vous extravaguez ! Songez - vous ,
Monsieur, que c'est à moi que vous parlez ?

De GRIPANVILLE, *se jettant à genoux.*

Personne ne nous entend, votre amour ne doit plus
se contraindre ; souffrez !....

Mad. DESTIVAL.

Retirez-vous , insolent !

De GRIPANVILLE.

Madame, ne criez pas si fort, vous pourriez vous
perdre.

Mad. DESTIVAL.

Me perdre ! cela ne peut plus se supporter. Holà !
quelqu'un ! (*Elle sonne.*)

De GRIPANVILLE.

Comment ! Madame ! après m'avoir écrit de si joli
choses !

Mad. DESTIVAL.

Ah ! je vous ai écrit. Nous allons voir cela.

[*Elle sonne encore.*]

SCENE XIII.

Les précédens, SUZETTE, CHARLOT,

SUZETTE, *à Gripanville.*

Air : *Lubin a la préférence.*

Mon Dieu ! quel est ce tapage !
   Que faites-vous ici !
   Expliquez-nous ceci.

Mad. DESTIVAL, *à Gripanville.*

Monsieur, quel est ce langage !
Pouvez-vous me parler ainsi !

CHARLOT, *à son oncle.*

Mon oncle, vouliez-vous rire !
Ou seriez-vous en délire !

SUZETTE, *à Gripanville.*

Mais répondez-nous !
   Que disiez-vous ?
Madame, pourquoi ce courroux !

Mad. Destival, *montrant Gripanville.*

Monsieur prétend
A l'instant
Avoir reçu....

De Gripanville.

Certainement
Que Madame vient de m'écrire.
Oui, je soutiens :
Ce que je tiens
Vous montrera,
Vous prouvera
Si jamais Normand
Ment.

Madame, puisque l'on me pousse à bout ; voilà votre lettre.

Mad. Destival.

Ma lettre ! « Mon bon ami, j'aime les gens sans façon, et vous me revenez assez. .... Eh ! monsieur, ce n'est-là ni mon écriture, ni mon style.

Charlot.

Mais c'est une lettre comme celle qu'on m'a remise tantôt.

De Gripanville.

Avant, mon neveu.

Charlot.

Oui, mon oncle.

Mad. Destival.

Vous voyez bien, Monsieur, que vous êtes dans l'erreur.

De Gripanville.

Mais, Madame, le cachemire dont vous êtes parée ?

Mad. Destival.

Il vient peut-être de vous ?

De Gripanville.

Sans doute.

Mad. Destival.

Oh ! pour le coup, vous radotez !

Charlot.

Oui, mon oncle, vous radotez ! et pour vous tirer d'embarras, je veux bien vous avouer que c'est moi qui l'ai envoyé à Madame.

Mad. Destival.

Air : *Savez-vous l'astrologie ?*

Ah, Messieurs, vous voulez rire.

De GRIPANVILLE.

Qui? moi, non.

CHARLOT.

Ni moi, ni moi.

ENSEMBLE.

Ni moi, ni moi, ni moi, ni moi.

CHARLOT.

J'ai payé ce cachemire.

De GRIPANVILLE.

Non, c'est moi.

CHARLOT.

C'est moi, c'est moi.

ENSEMBLE.

Croyez en ma bonne-foi.

Mad. DESTIVAL.

Il y a là-dessous quelque chose que je ne comprends pas.

De GRIPANVILLE.

J'ai donné mille écus.

CHARLOT.

Et moi aussi.

Mad. DESTIVAL.

A qui donc?

De GRIPANVILLE. CHARLOT.

A votre valet.

Mad. DESTIVAL.

Comment! Arlequin aurait joué un tour de la sorte? (*elle appelle*) Arlequin?

SCENE XIV et dernière.

Les Mêmes, ARLEQUIN.

CHARLOT à *Arlequin.*

Ah! fripon!

ARLEQUIN.

Madame, votre calèche est prête.

De GRIPANVILLE.

Maraud!

ARLEQUIN, à *Mad. Destival*.

Faut-il mettre vos chevaux gris-pommelés ?

De GRIPANVILLE.

Il ne s'agit pas ici de chevaux ; c'est de moi qu'il est question. A qui as-tu remis mon billet ?

ARLEQUIN.

Votre billet !

CHARLOT.

Et le mien ?

ARLEQUIN, *bas à Gripanville et à Charlot*.

Vous m'avez recommandé le secret.

Mad. DESTIVAL.

Parle !

De GRIPANVILLE.

Je veux bien avouer que j'ai écrit à Madame.

CHARLOT.

Et moi de même.

ARLEQUIN.

Puisque vous voulez que je vous parle franchement, je vous avouerai que c'est moi qui ai fait la réponse.

De GRIPANVILLE.

Ah ! scélérat ! Madame n'a donc pas reçu ma lettre ?

ARLEQUIN.

Je me serais bien gardé de lui montrer de pareilles extravagances.

Mad. DESTIVAL.

L'aventure est trop plaisante !... et le plus court est d'en rire.

De GRIPANVILLE.

Mais d'où vient que Madame a ce cachemire ?

ARLEQUIN.

Qu'est-ce que cela vous fait ?

CHARLOT.

Comment ! qu'est-ce que cela vous fait ?

ARLEQUIN.

Doucement ! faites-moi l'honneur de me répondre chacun à votre tour. [*à Gripanville.*] Ne vouliez-vous pas faire ce présent à Madame ?

De GRIPANVILLE.

Oui.

ARLEQUIN, *à Charlot*.

Et vous, Monsieur, ne vouliez-vous pas que Madame eût un cachemire ?

CHARLOT.

Sans doute.

ARLEQUIN.

Eh bien, elle l'a; de quoi vous plaignez-vous?

CHARLOT.

Ma foi, il nous plaisante encore.

De GRIPANVILLE.

Un moment, coquin, il faut nous dire ce que tu as fait de notre argent.

ARLEQUIN, *prenant Suzette par la main.*

Messieurs, je me marie avec Suzette, et si vous voulez bien le permettre, vos six mille francs serviront de dot.

De GRIPANVILLE.

Donner six mille francs?...

CHARLOT.

Je ne veux point.

SUZETTE.

Comment, donner? mais, Messieurs, vous me les devez bien. Est-ce que vous ne me reconnaissez plus? Je suis la nièce de Maître Pierre, de Coutances.

Air : *Rendez-moi, mon écuelle de bois.*

Il vous confia six mille francs
Que vous deviez me rendre ;
Je les ai ; mais depuis bien long-tems
Vous me faites attendre,
Je dois, dans des moyens aussi doux,
Songer à la reconnaissance :
Messieurs, pour être quitte envers vous,
Acceptez ma quittance.

CHARLOT, *bas à son oncle.*

Je crois que l'on se moque de nous.

De GRIPANVILLE, *bas à son neveu.*

N'ayons pas l'air de nous en appercevoir.

Mad. DESTIVAL.

Arlequin, épouse ta Suzette, je te pardonne ce tour un peu hardi, puisqu'il me fait connaître ces Messieurs qui, j'espère, vont se retirer avant l'arrivée de mon mari.

De GRIPANVILLE.

Charlot, quittons Paris, et allons dans un pays où règne la bonne foi.

CHARLOT.

Retournons en Normandie.

COMEDIE.

VAUDEVILLE.

Air *de rien de trop.*

ARLEQUIN, *arrétant Charlot.*

Chez Plutus, comme à Cythère,
On est trompé tour-à-tour;
En amour, comme en affaire,
Chacun doit avoir son tour.

TOUS.

Chez Plutus, etc.

SUZETTE.

Tu promets d'être fidèle;
Mais si, malgré ton serment,
Tu courtisais une belle,
Je dirais près d'un amant.

TOUS.

Chez Plutus, etc.

ARLEQUIN.

Paul que maint fripon attrape,
Dès qu'il voit un créancier,
De chez lui gaiment s'échappe,
En criant de l'escalier.

TOUS.

Chez Plutus, etc.

Mad. DESTIVAL, *au public.*

Quand aux faux pas de Thalie
Vous accordez un pardon,
Un enfant de la Folie
Peut-il offrir sa chanson?
En dictant sa sentence,
Le Vaudeville en ce jour
Compte sur votre indulgence,
Chacun doit avoir son tour.

TOUS.

En dictant, etc.

FIN.

DE L'IMPRIMERIE DE P. NOUHAUD,
Rue du Petit-Carreau, N.° 52.